甚麼最寶貴

中國民間故事

呂白攸　朱鼎元　等

商務印書館

本書據商務印書館「小學生文庫」《中國民間故事》及《中國故事》第七冊改編，文字內容有刪節修訂。

甚麼最寶貴 —— 中國民間故事

作　　者：呂白攸　朱鼎元 等

責任編輯：馮孟琦

出　　版：商務印書館 (香港) 有限公司

香港筲箕灣耀興道 3 號東匯廣場 8 樓

http://www.commercialpress.com.hk

發　　行：香港聯合書刊物流有限公司

香港新界大埔汀麗路 36 號中華商務印刷大廈 3 字樓

印　　刷：美雅印刷製本有限公司

九龍觀塘榮業街 6 號海濱工業大廈 4 樓 A

版　　次：2016 年 10 月第 1 版第 1 次印刷

©2016 商務印書館 (香港) 有限公司

ISBN 978 962 07 0429 1

Printed in Hong Kong

目錄

一百粒又圓又大的珍珠

旅館拾遺

宋朝時候，在福建尤溪，有個好學之士叫林績。他的才學很好，人們很欽佩他。

有一天，他帶了行李，上京趕考。宋朝的京城，是在河南開封。那時交通不便，林績一路上越嶺渡河，奔走幾十天，才到達河南的汝南縣。這時天色已晚，一輪紅日已漸漸地西斜。林績進城後就直接走進一家「招商旅舍」。不消說，自然有茶房來招呼他，領他看定房間，安置東西。

林績一路上十分辛苦，身體已經疲倦極了。所以他吃過晚飯，看了一會書，就打算睡覺。正待睡下，他突然感覺到牀蓆下有一塊很堅硬的東西，心裏有些奇怪，就揭開蓆子，仔細一看：原來是一個用錦緞包得密密的小匣子。林績把錦緞一層層打開，發現匣子裏有很多大顆的珍珠。他仔細一數，不多不少，恰巧是一百粒。他心想：「這必定是過路客人遺下的。這一百粒又大又圓的珍珠，恐怕要值幾千兩銀子。遺失珍珠的人，心裏不知怎麼着急，怎麼懊悔呢！」他左思右想，翻來覆去，一夜沒有睡着。

　　第二天清早起來，他急忙去問旅館主人：「我住的那一號房間，前天晚上是誰來住宿的？」主人查了紀錄，告訴

他説：「是一位姓黃的大商人來住的。他住了一夜，早上就匆匆趕路去了。」

林績心想：「原來如此。不過他遺失了這一百粒珍珠，一定要找尋的。如果我送過去，不知他現在住在哪裏。如果我在此等候，也不知他甚麼時候才來。這豈不是浪費時間，誤我趕考的日子嗎？」

他想了很久，才對旅館主人説：「前天的那位黃姓客人是我的老朋友，假使他再到這裏來，請你關照他，到上庠這地方來找我。我有話要跟他説，請你千萬不要忘掉。」

林績回到房間後，自言自語道：「還不妥當，還不妥當！旅館進出的人很多，時間久了，旅館主人難保不會忘掉我的話。如果那個失了珍珠的黃姓客人

回到這裏，主人不跟他說，他豈不是找不到我，我也沒有辦法送還珍珠嗎？這該怎麼辦呢？」

他在房間裏踱來踱去，希望想出一個最妥當的辦法。後來，他看見桌上有一副筆硯，便提起筆來，在牆壁上寫道：「某年某月某日，劍浦林績在此住宿。」寫好後，他又仔細看了一會，心想：「如此一來，如果那位黃姓客人回來，一查時間，便可知道他走的那天正是我來住宿的日子，如果他因此詢問主人，便可找到我了。」寫完後，林績算清了房租，收拾好行李，便向着開封走去。可是他雖然在路上走着，心裏總惦記着這件事。

匣子：收藏東西的器具，通常指小型的，有蓋可以開
　　　合的器具。

關照：在這裏指口頭通知，囑咐的意思。

原物奉還

再說那位姓黃的客人。原來他是一個做珠寶生意的大商人，用好幾千兩銀子買來一百粒大珍珠，想帶到別處去賣，誰知竟然遺失在旅館中。過了好幾天，他想要取出珍珠時，才發現珍珠不見了。可悲的是，連他自己也不知道珍珠是自己丟失了呢，還是被人偷去了。

他急得茶飯不思，覺也沒睡好。第二天，他就沿着來時的路去尋找。豈知一路上東找西尋，仍然毫無頭緒，還受盡冷嘲熱諷。你想，這位黃姓客人是何等煩惱，何等憂鬱呢！

幾天後，他回到他與林績都住過的「招商旅舍」，進去後沒有人來招呼他。茶房看他垂頭喪氣，不像這裏的客人，

所以也不去理他。林績臨走交代的話，他們早就忘記了。黃姓客人直接進了從前住的那個房間，看見粉白的牆壁上，寫着「某年某月某日，劍浦林績在此住宿」十多個字。他仔細一想，他離開的那一天，正是林績來住宿的日子。林績寫這幾句話，必定有些特別意思，也許他知道珍珠的下落呢。於是黃姓客人向旅館主人問道：「某月某日，某號房間裏，是不是有個姓林名績的客人來住過呢？」旅館主人心想：「對呀，而且林績臨走的時候，還有話交代我，這人莫非就是他的朋友黃姓客人？」於是他對黃姓客人說：「有的有的，他臨走的時候，還有話交代我哩。」黃姓客人道：「甚麼話呢？請你快說！」旅館主人道：「他

來的前一天，有個姓黃的客人，跟他是老朋友，也住在這裏。不料差了一天，他倆不能會面。所以他臨行的時候對我說：『如果這位黃姓客人再來，請告訴他到上庠去找我。』你就是那位黃姓客人嗎？」黃姓客人便對旅館主人說：「是的！是的！我一定要去找他！謝謝你啦！」

說罷，他匆匆離去，趕到上庠，果然找到了林績。兩人見面之後，黃姓客人說明了遺失珍珠的事情，並說：「你是不是知道這批珍珠的下落呢？倘若你能告訴我，那實在感激不盡！」林績說：「珠子一顆也沒有遺失和損壞，仍舊在這裏。但你現在不能夠馬上拿去，你必須在衙門報了案，我才能相信你，讓你取

走珍珠。」

　　黃姓客人聽到珍珠沒有遺失，心裏歡喜得甚麼似的，立刻到衙門報案，林績也捧了珍珠去見縣官，當面還給黃姓客人。那個縣官倒也明白事理，對黃姓客人道：「你這批珍珠，幸虧碰到林績替你保管，你應該分一半謝謝他啊！」黃姓客人道：「是的！是的！我也很願意。」他馬上拿出五十粒珍珠，要送給林績。林績哪裏肯接受，再三推辭，並向縣官解釋道：「假使我想要這些珍珠，為甚麼要在旅館的牆上留言？為甚麼叮囑旅館主人叫他來找我呢？」

　　林績始終不肯要這些珍珠，而這時黃姓客人已經感激得說不出話來了。

茶飯不思：指沒有心思喝茶吃飯。形容心情焦慮不

　　　　　安。

冷嘲熱諷：用尖酸刻薄的語言進行譏笑及諷刺。

憂鬱：憂傷而無法釋懷，憂慮煩悶。

李吾與徐吾的交涉

借光

軋軋的聲音，不住地傳出來。這是甚麼聲音呢？原來是一戶人家織布的聲音。這戶人家有姊妹三人，年長的十八歲，名叫李吾，兩個妹妹一個十六歲，一個十四歲。她們平日都把織布當作一件消遣的事情。三姊妹常常一會兒工作，一會兒聊天，日子過得很自在。

後來她們把織布當成比賽，常常要比拼成績。這樣一天天過去，姊妹三人簡直不覺得織布是件工作，而完全當它是遊戲。

後來，姐姐李吾提議夜間也來織布。從此，這間房子裏不但日間傳出軋軋的聲響，到了夜間也有三枝紅燭光亮地照着三個姊妹，傳出軋軋的聲響來。

　　她們的鄰家也有一個十七歲的女子，名叫徐吾。她也喜歡織布，但她織布不是為了消遣，而是把它當作一件重要的工作。因為她的父母早已去世，只剩下她一個人獨自生活。如果不織布，她就沒得吃沒得穿了。徐吾每天早起，除去梳洗飲食之外，其餘時間總是不敢怠慢，低着頭不停地工作。若織好了布，她就上街去換些米和油鹽醬醋。等到天色暗了，她就睡覺休息。她之所以早睡，並不是偷懶，而是因為沒有餘錢來買蠟燭。她只能等月亮出來，趁着月光，再

工作幾個時辰。可那月亮偏不肯夜夜出來，所以沒有月亮的時候，她也就沒法可想了。

她跟李吾姊妹三人，本來是相識的。不過在李吾眼裏，徐吾家窮，不能享受那豐衣足食的幸福。徐吾自己也覺得她們瞧不起自己，所以不敢和她們聚在一塊兒織布。但是徐吾羨慕她們夜間照得如同白晝一般的房間，她常常想：「我去求她們，跟她們一起工作，不知她們是否允許呢？」

終於有一天，徐吾鼓起勇氣，對李吾姊妹三人道：「我自己織布，沒有好的樣式可以模仿。姊妹們都是心思巧妙的，我想和你們一起織布，向你們請教，不知是否可以呢？」

李吾雖然不大歡迎，可是聽到讚美她「心思巧妙」的話，心裏一高興就答應了。徐吾心裏十分快活，就把家裏的工具搬進李吾家中，但不敢侵佔李家姊妹的位置，只把工具安放在東壁的一角。

在休息的時候，李吾姊妹三人總是吱吱喳喳地聊天。徐吾雖然也和她們交談，但仍不停地工作。到了夜裏，她借得一些蠟燭的餘光，也仍舊不停地織布。她心裏快活得不得了，想道：「從今以後，蒙幾位姊妹憐惜我，可以一直借着東壁的餘光了。」

第二天早上，她隨便吃了些東西，就到李家去，把地掃得乾乾淨淨，把姊妹們的一切工作器具排列整齊。等到李吾姊妹出來做工，她早已織上幾尺布

了。接連幾天，都是這樣。李吾姊妹三人以為灑掃、整理的工作都是僕人做的，所以每天早上和徐吾見面的時候，也只說一聲「你早啊」罷了。

怠慢：指淡漠；不恭敬。

豐衣足食：穿的吃的都很豐富充足。形容生活富裕。

即便夜裏要「借光」才能工作，也應堅持靠自己勞動為生。

和好如初

　　不到六天，徐吾的一匹布已經完工了；李吾姊妹三人同時開始織的布，還不到半匹。她們心想徐吾的織法，一定十分潦草，於是大家都去看個究竟。哪知不看猶可，一看就見徐吾織得十分精密，她們慚愧得幾乎沒處藏身。李吾惱羞成怒，趁徐吾回家吃飯，就對兩個妹妹道：「徐吾明明說要請教我們，誰知她原來織得又快又好，這不是有意譏笑我們嗎？我定要把她趕走，不許她到我們家來！」大妹拍手贊成，但小妹反對道：「姊姊雖然有道理，但是她織得又好又快，我們不及她，何不讓她留在我們家裏，請她教教我們呢？」李吾道：「不行！不行！這種窮人家的女兒，也值

得我們去請教嗎？」小妹聽完，就一聲不響走到旁邊去了。

徐吾吃完飯，便回到李吾家裏來做夜工。她心裏想：「這是第六天借她們的燭光了，真感激她們啊！」進門後，她看見李吾姊妹二人一言不發地坐着，就照例說一聲「你們吃過晚飯了嗎？」。

話音剛落，李吾便站起身來，厲聲說道：「你織的布這麼好，我們比不上你。從今夜起，請你不要來了！」說罷，大妹也照樣說了一遍。徐吾被這幾句話嚇了一大跳，連忙答道：「姊姊！妹妹！不要這樣，請憐惜憐惜我吧！」她倆說道：「有甚麼憐惜不憐惜呢？我們不讓你來，你能怎麼樣呢？」徐吾道：「我是靠織布維生的，如果織得不快不好，就

賣不掉，沒錢來過日子了。況且我並不覺得自己織得好啊，請兩位可憐可憐我吧！」說着，眼眶中早已流下幾滴淚珠來。

李吾接着說：「白天我們可以讓你來，夜裏你要借我們的燈光來織布，我們是萬萬不答應的。」徐吾哭着說道：「請你們憐惜憐惜我吧！我之所以請求到你們家裏來，就是因為沒錢買蠟燭。如今你容許我日間來，卻不許我夜裏來，未免太忍心了！我想，借你們一些燭光，你們的火燄不會暗些；若是少了我一個人，這火燄也不會亮些。你們何不做做好事，何必吝惜這些餘光呢？」

小妹聽了，心裏很感動，就向姊姊說道：「方才徐家姊姊說得好，我們家

裏的燭光，並不因為她在我們家做工而變暗些，也不因為趕她走就變亮些。」說罷，也不禁流下眼淚。

俗語說「人非木石」，李吾和大妹聽到徐吾和小妹的一番話的確有道理，也就同意讓她繼續在家裏織布了，並抱歉說道：「請你不要悲傷，仍舊在我們家裏做工吧！」

後來，徐吾依舊幫助李家整理灑掃，夜裏借她們的燈光織布。李家姊妹三人，也隨時向徐吾請教，織布的成績也一天天好起來了。

惱羞成怒：因生氣和羞愧而惱怒。

吝惜：十分愛惜，捨不得拿出來。

乖媳婦

妙答阿九

從前有一個老人，名字叫做阿九。他一共生了四個兒子，三個都已經娶了媳婦，只有最小的一個還沒有娶親。

有一天，阿九要試試三個媳婦的才幹，他便故意叫她們都回到娘家去玩幾天。在臨行的時候，他又吩咐大媳婦道：「你月圓去，月圓回，來時必須帶了端午節，並且用紙藏了雨來！」

對二媳婦道：「你月圓去，月圓回，來時必須帶了中秋節，並且用紙扛了風來！」

又對三媳婦道：「你月圓去，月圓回，來時必須帶了年終，並且用紙包了火來。」

三個媳婦都答應着，別了阿九出門去了。她們走到路上，便細細地討論起這三個謎語。

大媳婦説：「公公叫我們月圓去，月圓回，是甚麼意思呢？」

二媳婦説：「這倒還容易，大約因為今天是十五，月亮是圓的，我們都去了，所以叫做月圓去；到了下個月十五，月亮又圓了，我們便可以回家了！」

三媳婦連忙反駁着説：「不對，不對，就是到了下個月，離開端午、中秋、年終，都很遠啊，怎麼可以這樣説呢？」

大媳婦和二媳婦都覺得這話很不

錯，況且這端午、中秋、年終，又怎麼帶呢？至於那用紙藏雨、扛風、包火，更是做不到的事。

她們想來想去，總是不能把這謎語解答出來。可是，既然已經答應了公公，要是沒能辦到，怎麼還有顏面回去見他呢！她們越想越急，大家都完全失去回娘家去的興趣。三個人一同伏在路旁，放聲大哭起來。

在路旁的一間小屋子裏，住着一個窮苦的女孩子，名字叫做乖姐。她這時正在家裏劈柴，忽然聽見門外有人嚎啕大哭，便急忙扔下柴刀，趕出來瞧個明白。

乖姐看見這三個媳婦，便問道：「你們為甚麼哭，可以告訴我嗎？」

三個媳婦便把她們公公說的話，一一告訴了她。乖姐聽了，忙笑道：「這有甚麼為難呢，我來替你們解答吧！」

三個媳婦忙止住了哭，向她請教。

乖姐道：「月圓去，月圓回，照你們的解釋是不錯的；至於那端午節，並不是真的節日，只因端午節是吃糉子的，所以這端午節就是指糉子。還有那中秋節和年終，也就是指月餅和年糕……」

三個媳婦還沒有聽完，便破涕為笑道：「這倒很容易，就是店家沒有這種東西賣，我們總可以想辦法做出來。可是，還有那三件東西呢？」

乖姐道：「你們不要急，聽我慢慢講吧！那用紙扛風的話，其實就是說扇

子；用紙藏雨的話，就是說雨傘；用紙包火的話，就是說燈籠。你們只要照著帶了回去，包你們的公公會滿意！」

她們聽了都很高興，便各自分頭回娘家去。直到下個月的十五，大媳婦便照著乖姐的話，辦妥了糭子、雨傘，二媳婦帶了扇子、月餅，三媳婦帶了燈籠、年糕，一齊很快樂地回去見她們的公公——阿九。

年終：這裏指臘月冬至時的節日。

嚎啕大哭：表示放聲大哭的樣子。

破涕為笑：一下子停止了哭泣，露出笑容。形容轉悲
　　　　　為喜，一下子從哭變為了笑。

能恰當地待人處事的聰明人，總是特別受歡迎。

巧對刁難

　　阿九覺得三個媳婦都很聰明，心裏自然歡喜。但是，他回想起她們以前的蠢笨，又覺得這些謎語不是她們能夠解答的，所以有些疑惑起來。

　　「這是誰教導你們的？這幾件事，做得一點也不對啊！」阿九故意試探了她們一句。

　　「這……這……這是我們經過城外時，一個女孩子教我們這樣做的。那時，我就說是不對的啊！……」大媳婦哭喪着臉說了出來，二媳婦和三媳婦也都有些不高興。

　　「哈哈，我早知道你們答不出來，原來有這樣一個聰明女子教你們！」

　　阿九問明了乖姐的住址，便請媒人

去求婚。後來乖姐便成為他的第四個媳婦。

這阿九的脾氣，一向很是古怪：他因為自己的名字叫做「九」，所以凡是和「九」字同音的字，都不許兒子和媳婦說。有時，誰要是無心叫了出來，他便認為是侮辱尊長，從此記恨在心裏。

乖姐到了阿九家裏，自然也應該遵守這條家規。可是，鄰近有些好事的人，都知道乖姐的聰明，想找些事來難倒她。於是，他們趁着阿九不在家的時候，約了九個人，拿着九百個錢，到她們家裏去找阿九買韭菜。

他們一進門，就問她道：「阿九哥在家嗎？」

「公公不在家！」乖姐不假思索地回

答他們。

「我們要向你買些韮菜！」

「我們的『廿非一』是不賣的！」她
說。

「那麼等阿九哥回來，請你對他說：
有九個人，拿了九百個銅錢，曾來買過
韮菜。」

說着，那些好事的人出去了；他們
都暗地伏在牆外，要聽她怎樣把這些話
轉告阿九。

過了一會，阿九回來，照例向她
問道：「我剛才出去了，有人來找過我
嗎？」

「有，三個人站在門邊，三個人走
到廳上，兩個人坐在檢上，一個人拿出
一千少一百錢，要向我家買『廿非一』

菜！」她滔滔地說着，阿九卻已聽懂她的意思了。

好事的人在牆外聽着，都佩服她的聰明，誰也不想再來開玩笑了。

乖姐的聰明，漸漸遠近都知道了，不久便傳到了本縣知縣的耳裏。知縣也想試試她的聰明，便叫衙役拿了一丈布去，要她做一件長衫、一牀被、一條手巾和一隻布袋。

乖姐卻一點也不遲疑地把布收了下來，連夜動手，只做成了一件長衫。第二天早晨，衙役趕過來向她要縫好的東西。她便不慌不忙地拿出那件長衫，交給衙役道：「回去對大老爺說，日裏可做長衫，夜裏可當被窩，衫袖權作布袋，衫襟扯來可代手巾！」

衙役照她的話回去告訴知縣，知縣對她的聰明讚不絕口。自此以後，阿九的乖媳婦便出名了。

試探：指用某種方法引起對方反應，借以了解對方真正的意思，或者自己想知道的更多事情。

不假思索：完全用不着想。形容説話做事非常敏捷、迅速。

去還給那個人吧

從前，有個誠實的人叫查道。他的性情很純厚，從小就沒有說過一句謊話，也沒有做過一次欺人的事情。

有一年秋天，查道要去探望親戚。兩家之間的距離大約有一天路程。他預先買了許多禮物，放在兩個籃子裏，裝得十分整齊。到了那天，他一大早上就讓僕人挑着禮物出發了。他們一面趕路，一面欣賞路上的風景。只見山光明淨，天際清寥，兩人心中十分快樂，却忘記了買些代替午飯的食物。

不知不覺已經到了應當吃午飯的時

間。查道覺得肚子有些餓了，對僕人道：「你覺得餓嗎？方才走過市鎮，我們都忘了買些食物。」僕人道：「是呀！的確有些餓了。但沒法子，我們再往前走走看，想來總有東西賣的。」說着，兩人仍是一路談天，不斷前行。又走了很長的一段路，前面依然是一片曠野，沒有市集可以買到東西。查道着急了，對僕人道：「我餓極了！」僕人道：「主人，看來一時買不到食物，我們何不把籃中的禮物拿一些出來吃呢？」查道說：「不行！禮物都是預先分配好，要送人用的，怎可以拿來吃呢？況且把吃剩的東西送人，未免太不恭敬了。」主僕兩人一面說着，一面忍着餓，繼續前進。

　　走了一會，僕人忽然叫道：「看！

那不是一個小小的村莊麼？我們到那裏去買一些東西來吃吧。」可是走到那裏，他們卻大失所望。這村莊只有三四家人，門都鎖着，大約人們已經吃過午飯，出門種田了。他們好不容易才找到一戶人家的門沒鎖。主僕兩人推門進去，卻只見一個小孩子，年紀不過七八歲，正坐在小凳上玩不倒翁。小孩子忽然看見兩個不認識的人走進來，心裏有些害怕。查道摸摸他的頭道：「你的爹娘去哪裏了？」這個小孩子越發害怕起來，連聲喊道：「媽媽！媽媽！快點來！」查道對僕人道：「看來我們還是出去吧，省得惹人懷疑。」

　　主僕兩人沒精打采地走出來，把門關上，依舊忍着餓向前走去。路上一

個人都沒有。離這小村莊幾百步遠的地方，有幾棵樹，上面全是碧綠的葉子；葉子底下，掛着許多果實。僕人跟在查道後面，心裏想道：「這是棗子呀！它們長得這樣豐盛，如果採些來吃，也可當作一頓特別的午飯。」他正想對主人說，忽然又止住了。他素來了解主人的性情，如果對主人說明了主意，主人一定要說：「私自拿取人家的東西是不可以的。」想到這裏，僕人忽然想到一個妙計，就對主人道：「主人，我沒力氣了，待我歇一會兒再趕上來。」待查道走得稍遠一點了，他就爬到樹上摘了許多棗子，用衣服兜好，挑了禮物，趕上去跟主人道：「我們有午飯了！」說着便把衣兜解開。查道一看，道：「這是棗

子呀！你在那邊樹上採的麼？」僕人道：
「是的！」

這時候查道覺得餓極了，也不說甚
麼。兩個人就坐在地上吃起棗子來。他
們都覺得棗子甜美鮮嫩，非常可口。吃
完後，僕人正想繼續趕路，查道却攔住
他道：「且慢！吃了人家的棗子，須得
把錢償還給他們。」僕人道：「這裏一
個人都沒有，並且也不知道這樹是哪一
家種的，我們該把錢還給誰呢？」查道
說：「不要緊！你跟我來！」說着，兩個
人回到棗樹底下。查道從身邊摸出一串
錢來，一五一十地數了一遍，說：「差
不多了，你爬上樹去，掛在上面！」僕
人照他的話，爬上去，把錢掛在摘去棗
子的樹枝上。

掛好了錢，主僕兩人便仍舊挑着禮物，慢慢地到親戚家去。

純厚：意指善良、淳樸、忠厚。

清寥：指環境清幽寂靜。

一五一十：常比喻敍述從頭到尾，原原本本，沒有遺漏。也形容查點數目。

　　就算別人不知道，也堅持不欺人，才是真正的誠實。

中文成語或四字詞語中，有一種組成方式，就是把事實列出，以此表示深一層的寓意。例如：

茶飯不思　　用於形容人的心情焦慮不安。

坐立不安　　形容心情緊張，情緒不安。

對牛彈琴　　譏笑說話的人不看對象。

連連看，看看下面這些詞語實際上要表達的是甚麼意思。

1）盲人摸象　　A. 形容大自然的美好風光。多指春光明媚。

2）張牙舞爪　　B. 形容非常熱鬧。

3）鳥語花香　　C. 比喻對事物只憑片面的了解或局部的經驗，就亂加猜測，想作出全面的判斷。

4）車水馬龍　　D. 形容猛獸兇惡可怕。也比喻猖狂兇惡。

物歸原主

河南省有一座著名的香山寺，遠遠近近來這裏進香的人，終年絡繹不絕；即便只是經過這裏，人們也要順便來瞻仰一回。這天，有個名叫裴度的書生，隨着大家到寺裏來散步。正在遊覽的時候，忽然迎面來了一個不到二十歲的女子，滿面愁容，眼眶中含着淚珠，匆匆地走上佛殿，把手裏的包裹放在一張小凳子上，便回身過去，向着神像默默地祝禱。祝禱完畢，她便急匆匆地離開了。裴度見凳子上的包裹還在，想要追上去送還給她，可是已經趕不及了。

裴度心想：「這可憐的年輕女子一定有十分危急的事情才會匆匆離去，並把隨身帶着的東西忘掉了。倘若這包裹裏的東西沒有人替她保管，一定被別人拿去了。萬一是要緊的東西，那不是糟了麼？好在我現在沒有急事要辦，就暫時代她保管，等到她來找尋的時候再還給她也不遲。」

　　於是，裴度便站在佛殿外面等她回來。一羣羣遊人來來往往，陸續過去，可那遺失東西的年輕女子偏偏不來。太陽漸漸西斜，遊玩的人也漸漸走光了。裴度非常失望，只得慢慢地走回家。他一邊走，一邊想：「這包裹裏面究竟是甚麼東西呢？倘若是重要的東西，到這時候了為甚麼她還不來找尋呢？若說是

無關緊要的，可看那女子攜着包裹的樣子像是很鄭重的。唉！真叫我決斷不了啊！莫非她的家離這處很遠，趕不回來？無論如何，我明早再到寺裏去，等她一天再作打算吧。」

却說那個年輕女子，出了寺門，便急急地趕回家，沒有留意手裏的東西。回到家裏，她才發現，這一急非同小可！她心想：「這麼重要的東西偏讓我丟失了，這可怎麼好呢？唉，父親還在監牢裏，正要靠包裹裏的東西去救他，現在真是沒有別的辦法了！倘若發生甚麼不測的事情，不是給我誤了事麼？我怎麼對得起父親呢？我還是隨着回來的路去找尋一回，也許是剛才進香的時候丟在佛寺裏了。此刻時候已不早，來不

及趕去了，只有到明早再去找尋。唉，即便是萬一的希望，我也要試試啊！」她胡思亂想，一夜不曾合眼。

第二天早上，她趕到佛寺，裏面靜悄悄的，一個人都沒有。走進寺門，看到四處冷清的樣子，她還能向甚麼人求助呢？看來是沒有希望了！她眼眶中的淚珠，不由得直滾下來。這時，她突然看見佛殿的台階前，站着一個年輕人，目不轉睛地瞧着她，於是勉強走前去問道：「先生，你看見我丟失的東西嗎？」話還沒有說完，她就禁不住哭起來了。

這年輕人便是裴度，他專門來到此處等候那個失掉東西的女子。

裴度道：「你先別哭，可以告訴我你丟了甚麼東西嗎？」年輕女子答道：

「我的父親被別人誣陷，現在被拘押在監牢裏，性命不測。我向親戚家借到玉帶兩條，預備送給有勢力的人，求他討個人情，解救父親的危難。昨天我到寺裏進香，希望神靈保佑我的父親，因匆匆回家，把包裹丟失了，這不是誤了事麼？先生，若你見過，請你指點我，我們一家必定對您感激不盡。這不但救我父親的性命，便是我的性命……」說到這裏，她的聲音漸漸低下去了。

裴度看了，心中非常感動，便說：「你不要着急啊！我昨天看你走出寺門，留下了包裹。我正想招呼，你已經去遠，來不及了。我擔心包裹裏面有緊要的東西給人家拿了去，所以替你收藏好了。我今天一大早就是為了這事前來寺院

的。」

裴度把包裹拿出來遞給她，請她查看。年輕的女子一看就說：「這正是我的包裹！先生如此厚恩，叫我怎樣報答呢？請問先生怎麼稱呼？您住在哪裏？」

裴度道：「你的事情急，趕快回去料理吧。老實說，倘使我要酬謝，我就不會特地來等你了。」說完，他便頭也不回地走了。

非同小可：小可，是指「尋常的」。這個詞指情況嚴重或事情重要，不能輕視。

目不轉睛：眼珠一動不動地盯着看。形容注意力高度集中。

兩升米各人一半

　　古時候，住在一塊兒的人大都有一種互相幫助的精神，叫做「出入相友，守望相助，疾病相扶持」。這幾句話，是你幫助我，我幫助你的意思。

　　有一個人名叫韓貞，號樂吾，家裏非常窮困，只有三間草屋，還要跟人家分住。那一戶人家跟他住在一塊兒，想來當然也是很窮的。

　　這兩戶窮人家住在一塊兒，却能夠做到互相幫助，所以住了幾十年，也沒有分離。出去的時候，大家同行；有時韓樂吾家人都出去了，那一家便替他們

看門；這一家有人生病了，那一家便來慰問他，救助他。兩家人親親切切，從沒有做過「各人自掃門前雪，莫管他家瓦上霜」的事。

有一天，他同住的人家裏的米吃完了，但又沒錢買，沒有法子之下，便走到韓樂吾家裏向他借米。

那人向樂吾同妻子說道：「樂吾先生！我們想求你一件事情，這實在出於不得已。我們家的米，到今天就吃完了。我想向你們借一些，過了今天再說。以後有了米，一定照數奉還！不知樂吾先生可否答應？」

韓樂吾聽了這話，便請他坐下，自己同夫人到後房裏去了。他把米缸蓋揭開一看，缸底下還有薄薄的一層，量起

來不過兩升了。妻子不免愁上心來，想道：「只有這些米，要是再分出去，明天的我們豈不就是今天的他們嗎？」她覺得自家也在生死關頭，對別人家實在愛莫能助。妻子便把這個意思跟她丈夫說明。韓樂吾聽了，說道：「咦！奇怪了！我是來看有沒有米，不是來看有多少米的。我們跟他們一向互相幫助，現在怎麼可以變節呢？況且今天倘使不借給他，那麼我們也許還能熬兩天，可他們今天就會餓死了。哪有可以幫助別人而不去幫助的道理呢？」

他妻子聽了，心裏非常感動，沒再說一句話，就立刻把米量好，平均分配，兩家人各一半。

不得已：指無可奈何，不能不這樣做。

愛莫能助：形容心裏願意幫助別人，但限於力量或受
條件限制卻沒有辦法做到。

變節：改變舊的志向或作為。

十兄弟

從前，有一戶人家，生了十個兒子。他們各有一技之長，所以就各有一個奇怪的綽號。老大生就聰耳明眼，即使遠在百里外的聲音他也聽得到，千里外的景物他也見得到，於是便叫做「順風耳千里眼」。老二生就一副頑強的身體，成天惹禍肇事，便喚做「癩皮」。老三生來力大如牛，銅皮鐵骨，無論敲撲鞭打都不覺痛，所以叫做「三鐵筋」。老四沒有甚麼能耐，只有滿身麻瘋，因此叫做「四瘋子」。老五最為稀奇，他全身的皮膚十分寬大，好比橡皮，可以自由

伸縮，因此名叫「五寬皮」。老六的惟一特長，便是他那兩條腿，特別的長，沒法站在屋內，只能成日站在天井裏。晚上，他即便蜷縮着睡在長廊下，還不大舒服，於是便叫他「六長腿」。老七別的沒甚麼稀罕，只是那頭大得使人吃驚。記得當年他剃胎髮的時候，僱了十七八個理髮匠，還是不曾剃遍，所以就叫他做「七大頭」。老八和老七相差不多，卻大在一雙腳上，他的腳大得異乎尋常，就叫他「八大腳」。老九更沒能耐，毫無本領，只有一個大嘴巴。他那嘴巴，闊得世無其匹，無論是一隻牛還是一隻老虎，也能無阻無礙地一口吞了，所以喚做「九闊嘴」。老十的眼睛大得不得了，所以叫做「十大眼」。這十兄弟，終日聚

集在一起，很是有趣。

　　有一天，癩皮太頑皮了，用棒子打壞了縣衙的一角。縣官很生氣，便派兵要將惹禍的人捉來坐牢。這時順風耳千里眼的耳中聽到了，眼睛也看見了，忙告知癩皮。老二一聽，心知不妙，連忙逃走。老大又聽到縣官要把癩皮捉去打，老三知道了，便自告奮勇代老二去捱打。老三到了縣衙，被他們盡力打，還嫌他們打得不重，就像撓癢一樣。縣官見了，就命人把他放在沸水裏面泡。老大又聽見了，就命老四去代替老三。老四立刻就去了。他們把老四泡在沸水中，老四正「得其所哉」，十分快活。他滿身麻瘋，越泡就越好，極其有趣。縣官只好問差役，還有甚麼辦法可以懲罰

他們。差役想了好久，想到了五牛分屍的方法，就告訴縣官。縣官馬上命人去找牛來分他的身子。老大又聽見了，就告訴了老五，老五想：這可顯出我的本領了。他連忙趕去。縣官叫人用五頭牛，縛住老五的四肢和頭，鞭着牛，想把他分開。哪知老五的皮，竟十分有彈性，越拉越大，這樣反而拉得他身體非常舒適。縣官又沒有法子了，就命人把他拋到海裏。老大又聽到了，便告訴老六。老六心想那有甚麼大不了的，就一腳走到那兒，代替老五。他們把老六拋到海裏，哪知老六的腿真長，海水才剛淹到他的膝蓋，他還可以乘機洗腳呢。

　　縣官看見他們這樣屬害，只能饒了他們。

這時，老六從海裏抬起腳來，覺得腳趾裏不舒服。仔細一看，原來是趾間夾着了一條大鯨魚。兄弟們想把魚煮來吃，但是找不到大鑊盛放，很為難。旁邊站着的老七叫道：「不打緊，有大鑊呀，為甚麼放着不用？」說時，老七把自己的大帽取了下來，眾人拍手叫好。於是大鯨有了大鑊盛，只是一時找不到柴來燒。恰巧八大腳走進來，問清楚大家在鬧甚麼後，說：「有柴呀，我剛才走路不小心，腳心觸了一條刺，當柴也許夠了。」他把刺拔了出來，卻原來是一棵大樹，當柴燒足夠用了。於是兄弟們便燃燒烹煮起來，味道香極了。這時九闊嘴聞到香味，垂涎欲滴，不等那魚兒熟透，便拿起來，連皮帶骨的一口吞

下，吃得津津有味。等老十進來，只能瞪了兩隻大眼，眼睜睜看着老九吃魚了。

　　你說，這相親相愛的十兄弟是不是很有趣？

肇事：引起事端；鬧事。

世無其匹：指世上沒有能與他相比的。

得其所哉：找到了適合於他的地方。指得到理想的安置。

垂涎欲滴：饞得連口水都要滴下來了。

苦菜也可口

　　四百多年前，江西進賢縣裏有個和善的人。他姓舒，因為年紀大了，人們都尊稱他做舒翁。

　　舒翁家裏很窮，但他生性喜歡幫助別人。人家有了困難的事情，去和舒翁商量，無論怎樣，他總會替他們想辦法解決。他的夫人也是個慈善的人，當有人找她丈夫商量的時候，她也一定會竭力幫助丈夫，共同想辦法。因此人人都感激他們，敬重他們。

　　後來，舒翁想出去做事養家，便到湖北去教書。

過了兩年，舒翁探聽得在湖北的幾個同鄉要僱船回家。他想這是一個很好的機會，就去請求主人說：「我到了府上已經兩年沒回家了，心中十分想念。現在想請假幾十天，乘一隻便船，回家一次。請問是否可以呢？」主人答應了。於是舒翁收拾好行李，又把兩年來積蓄的束脩帶在行囊裏，辭別主人，乘船回家。

　　從湖北到江西，不是一兩天就可以到的。那隻船曉行夜住，接連走了好幾天。舒翁住在船中，雖然有許多同鄉談談笑笑，不覺得寂寞，可是不慣坐船的人，終日悶在艙裏總有些不舒服。一天，那隻船行到一個鄉村旁邊，搖船的人照例插了竹篙，固定好纜繩，燒飯做菜。

舒翁便趁此機會上岸散步。那時正值春末夏初，兩岸景色宜人，舒翁心裏很是暢快。正在觀賞風景之時，忽然溫和的風送來一陣哭聲，聽上去十分悽慘。舒翁聽得心中難過，就沿着那哭聲的來處找去。他來到一棵大樹旁邊，看見一個婦人，身上穿着破舊的衣服，懷裏抱着一個不滿兩歲的小孩子坐在那裏。她眼眶中的淚珠，一顆一顆的滾下來，把小孩子的衣服都浸濕了，嘴裏還「苦命！苦命！」的叫個不停。

舒翁問她：「你為甚麼這樣傷心呢？」那婦人一邊哭一邊答道：「你問了有甚麼用呢？苦命呀！苦命呀！」舒翁道：「你告訴我吧，我也許可以給你想辦法。」那婦人看見舒翁的態度十分

誠懇，就對他説：「我家十分窮苦，丈夫欠了官銀幾年，現在官吏催得急了，要捉拿我丈夫。丈夫沒辦法了，想把我賣給城裏的富家做傭人。我這苦命的身體，本來沒有甚麼可惜。最可憐的就是這小孩子呀，我去了以後，就沒人養育他了！」説完，她仍舊嗚嗚咽咽地哭個不停。舒翁道：「你先不要悲傷！你丈夫究竟欠了多少官銀呢？」婦人道：「共欠二十兩銀子。」舒翁道：「不要緊！不要緊！你不必悲傷，跟我來！我給你想辦法。」

那婦人抱了小孩子，跟着舒翁跑到船旁。那時天將黑了，同船的人忽然看見舒翁帶着一個婦人回來，都很奇怪。舒翁把方才的事説了一遍，道：「家人

離散，幼兒失養，都是人間最悲慘的事情。他們所欠的官銀，共計二十兩，為數還不算多，我想請各位每人拿出一兩來，我也湊上幾兩，給他們去還清欠款，諸公意下如何？」大家齊聲道：「舒先生既然這樣熱心，我們哪有不贊成的道理？」說着，七個人各自從行李或袋子裏拿出一兩銀子。舒翁也打開箱子，把兩年來積蓄得來的十三兩銀子束脩，一併湊上，親手遞給那個婦人道：「時候不早了，你帶回去還給官府吧！不要哭了！」婦人接過銀子，千恩萬謝地去了。

待船到了目的地，舒翁身邊一個錢都沒有，只好忍着飢餓，步行回家。

舒翁的夫人看見丈夫回來，家人久別，一朝團聚，自然十分快樂。舒翁對

夫人説：「我已經一天沒吃東西了，你快去燒一些飯來吧！」夫人道：「家中的米糧早巳吃完了，現在哪裏有米呢？」舒翁道：「到鄰家去借一些吧！」夫人答道：「鄰家已經都借過了，正等你回來還給他們；難道你出去兩年，一個錢都沒有帶回來麼？」舒翁道：「有是有的，不過被我送走了。」於是他把船上所做的事情説了一遍。夫人聽後笑説：「很好！很好！既然這樣，我去找些東西來吃吧。」她提了一隻籃子，到田野裏採了一籃苦菜。回來後對丈夫道：「這是我常吃的東西呀！」她把苦菜洗乾淨，連根和葉放在鍋子裏煮熟，盛在碗裏端出來。夫婦兩人對坐着，一邊聊天，一邊吃菜。雖然菜的滋味很苦，可是他倆

心地光明，吃在嘴裏，反而覺得非常可口，似乎還有些甜味呢。

束脩：指古時學生致送教師的酬金，也指教師的薪俸。

曉行夜住：白天趕路，晚上投宿。形容旅途奔波勞苦。

謙詞是一種有特別用途的詞語。當你要謙虛地表達自己的思想，或者與師長、上司、友人交往時，用上謙詞，會顯得很有禮貌。例如：

冒昧——指自己不顧能力、地位是否適宜（就去做某件事情）。

不敢當——表示覺得自己配不上別人的稱讚或好的評價。

當要表達下列意思時，你知道該用哪些謙詞嗎？

謙稱自己的店舖：　□□

謙稱自己的見解：　□□

謙稱自己的家：　□□

謙稱自己的兒子：　□□

謙稱用自己粗淺的、不成熟的意見引出別人高明的見解：□□□□

甚麼最寶貴

黃金不是最寶貴的

從前，有一個富翁，生了三個女兒。有一天，富翁叫了她們過來道：「你們說這世上最寶貴的是甚麼呢？」

大女兒不等富翁説完，便搶着説道：「那自然要算黃金了！」

二女兒也接着道：「不必説，除了黃金還有甚麼呢！」

只有最小的女兒阿三，她遲疑了一會才説：「我想，黃金是沒有甚麼寶貴的，世界上最寶貴的東西，還是要算食鹽吧！」

「哼，阿三真是一個小傻子。連這個人人都知道的問題都答不出來，你自己不覺得羞愧嗎？」富翁冷冷地譏嘲着。

「爸爸，我一點也不覺得羞愧！食鹽的確比黃金寶貴得多！她們説黃金可貴，委實太沒有見識了！」阿三還很不服氣，一直跟她的父親爭辯。

「好，你既然認定黃金沒用，那麼你趕緊把頭上的金釵，手上的金釧……一齊都摘下來；讓我給你一把食鹽，立即就離開我，自己去生活吧！」富翁惱了，暴跳着説。

説完，富翁自己動手，把阿三身上的金器都摘了下來。接着，又叫僕人催了匹驢子，攆她出門，從此不准她再回到家裏來。

阿三雖然很悲切地離家了，可她一點也不後悔，她很堅決地相信自己的觀點是沒有錯的。

她從來也沒有出過門，也不知道東、西、南、北，惟有發呆似的騎在驢子背上，聽憑牠亂跑。直到夕陽西下，天已漸漸地黑下來，她還找不到一個住宿的地方，不免有些擔心。後來她實在沒辦法，就坐在路旁的一塊大石上哭了起來。

一個少年樵夫，正巧背着一綑柴回家，聽見了她的哭聲，便循着那條路追尋過去。

「小娘子，天這樣晚了，你為甚麼還不回家，卻在這裏哭？——呀，你要留神啊，這裏有豺狼呢！」樵夫很懇切地

警告她。

「唉，我已被我的爸爸攆出來了，還怎麼回去呢！」她嗚咽着說。

「為甚麼要攆你呢？你做錯事了嗎？」

「不是，不是，因為我和爸爸爭論了幾句，他惱了，所以⋯⋯」

「爭論些甚麼呢？」樵夫很詫異地問。

「因為，爸爸和我的兩個姊姊，都認定世界上只有黃金是寶貴的；我卻獨個人一口咬定，說是鹽最寶貴⋯⋯」

「黃金，黃金，到底是怎樣的東西啊？我也沒有看見過，你能說給我聽聽嗎？」

「黃金就是像石子般一塊塊的；不過，它的質地不像石子那樣的粗陋，它

是燦爛的，金黃的。」

「哦，這東西他們都說是最可寶貴的嗎？如果這是真的，那麼，我也是一個大富翁了！」

「告訴你吧：雖然可以拿這東西去換一切的貨物，它也很有用處。但是，我總不承認它是唯一寶貴的，因為它有時也會害人。所以，我要把食鹽排在它的前面！—— 你怎麼說自己會變富翁呢？」

「我天天到山裏去打柴。有一天，我在一個地方看見一塊很大的石板。我隨手把石板挖起來，下面卻全是些金黃燦爛的石塊呢！—— 那些也許都是黃金呀！」樵夫很興奮地說。

「也許是吧！」阿三沒精打采地說。

「那麼，你今晚先到我家裏去住一晚，明天請你陪我去認認看，好嗎？」

無家可歸的阿三，自然答應了樵夫的請求，跟他到家裏去了。

攆：驅逐，趕走。

聽憑：指任他人作主。

無家可歸：沒有家可回。指沒有可居住的地方。

金錢並不是萬能的、最寶貴的東西。

得到教訓的富翁

第二天早晨，樵夫便伴着阿三一同到山中去。果然，他們在石板下面發現了許多黃金，兩人便把這些黃金運回家裏。然後他們立刻建屋子，買器具……阿三和樵夫結了婚，組織了一個美好的家庭。

阿三家的大門，就是用那塊石板做的。只要把那大門一開，便會飛進成千成萬的黃金錠來。自然，他們的財產是永遠花不完的。不過，這門裏會飛出金錠，若從那邊經過，不是很危險嗎？因此，他們平時只得把大門關起來，只從旁邊的小門裏進出了。

阿三的父親，也知道了她發財的事，心裏十分羨慕，不知不覺地消去了

從前的怒氣。他選了幾樣禮物，趕到他的女兒家裏去湊趣。

阿三聽見父親來了，當然非常歡喜，便預先囑咐僕人打掃屋子，準備了一桌上等的筵席，竭誠款待。

當時，富翁很快活地坐了首位，談天說地，開始吃喝起來。可是，當他剛挾一箸菜來嚐嚐，眉頭就皺了起來。最後，富翁真是不能再吃下去，他只得向女兒發作了。

「唉，你們既要請我，為甚麼又要故意作弄我呢？」富翁很惆悵地埋怨。

「怎麼，爸爸嫌這些燕窩、魚翅都不好吃嗎？」阿三說。

「不，這些材料都很好，但為甚麼不放些鹽進去呢？」

「哈哈，爸爸不是説過鹽是沒用的東西嗎？那又何必放它呢！」阿三笑着説。

「哼，哼，你還敢和我爭論這件事嗎？好，我便不吃東西，看看我會不會餓死！」富翁頓時記起舊事，不覺惱羞成怒了。「趕快，叫他們用轎子送我回去！」

阿三只得叫轎夫們預備好了轎子，在旁邊小門口等候。

「我來的時候，你故意不開大門，叫我從小門裏進出，難道就想這樣羞辱我？現在，我非得從大門出去不可！」富翁更加惱怒了。

「爸爸，請你原諒，這扇門是開不得的：開了，便有金錠飛進來打人呢！」阿三很温和地勸慰着。

「瞎説，狗也不相信你的話！開，一定要開！」富翁暴跳着，自己動身去開門。

「呀」的一聲，大門開了，許多金錠像射箭一般地飛了進來，立刻把富翁砸得鼻青臉腫。富翁跌倒在地上，不住地嚷着痛。「爸爸，黃金是最寶貴的，怎麼也會傷害你呢？」阿三一邊把他扶起來，一邊譏諷地説。富翁卻羞愧得説不出一句話來。

湊趣：本指投合別人的興趣，使人高興。故事中也有
　　　湊熱鬧的意思。

勸慰：勸説，安慰。

失敗的生意

傻子的第一次

從前，在廣東新會有一個傻子。他在別的方面傻，可是對於吃飯睡覺，他卻不傻，而且吃得特別多，睡得特別多。

他妻子看他這樣成天只顧吃和睡，擔心家裏只會越來越窮。於是，她也不管傻子會不會做生意，就從娘家湊了些本錢，借了付擔子，對傻子說道：

「傻子！你整天坐着吃，躺着睡，倒快活。現在你去試試做生意吧，先賣些沙鍋、沙銚。要不然我們很快就要被餓死了。聽見了嗎？」傻子道：「哦哦！知

道了。那這種玩意該怎麼賣？是不是切開……」

「真是個傻瓜！過來伸長耳朵聽着！人家用錢買，你就給他貨，收他的錢。懂得了嗎？」

「哦！明白了。原來這樣。」

於是傻子開始沿着街巷叫賣。後來，他走到一個有許多樹圍繞着的池塘，正喊道：

「沙鍋呀，沙銚呀……」

忽聽得池子裏也有人叫道：

「沙鍋呀，沙銚呀……」

傻子一聽，高興得不得了。他走了半天一個鍋都沒賣出去，這可碰到一個顧客了。於是他走到池邊說道：

「喂！買大號的還是二號的？沙鍋、

沙銚，全有……」

　　傻子說完，看看四面也沒有人，聽得聲音是從水面來的。他又聽見說道：

　　「二號的沙鍋、沙銚，全……」

　　傻子一聽，想也沒想，就興沖沖地從擔子裏拿了沙鍋和沙銚，向水裏一丟。說道：

　　「二號的兩個，接着呀。五兩銀子一個，少了不行。還有呢，要嗎？」

　　池塘裏的回聲又在傻子說完話後，跟着說道：

　　「……不行，還有呢要……」

　　傻子沒等池塘裏說完話，就用手拿沙鍋撲通撲通拋下水裏，大聲說道：

　　「多啦，你要多少有多少。喂！怎樣？行嗎？不行，再換換。」

池裏又說道：

「……不行。再換換……」

傻子甚麼也不管，又拋下一個。說道：

「這個行嗎？不行，還有。」

那池裏又說道：

「……不行。還有……」

傻子就這樣拋一個，問一聲，說：

「這個行嗎？不行，還有。」

那邊也是問一聲，答一聲，說：

「……不行。還有……」

最後，傻子拋得厭煩極了，便大聲向池塘裏說道：

「不用一個個選了，真討厭。給你擔子，你自己挑吧。」

傻子說完，將擔子向水裏一推，撲

通一聲，沙鍋、沙銚，一齊都給了那水裏的人了。傻子看着貨物掉下去，便自己躺在草地上，溫習他的睡覺功課去了。等傻子做完「功課」，半天才記起賣沙鍋的事來。心想道：

「那個人要了我的貨，還沒找他要錢呢。等我問問他再説。」

於是向池裏説道：

「……挑選完了嗎？怎麼不還我擔子？五兩銀子一個，快拿錢來，我要走了。」

但是那池塘竟不好好回答了，用開玩笑的口吻説道：

「……快拿錢來，我要走了……」

「甚麼？快拿來吧，別説笑話。想賴我的錢是不行的。快拿來，我要走啦。」

「⋯⋯想賴我的錢是不行的。快拿來，我要走啦⋯⋯」

傻子一聽那人竟學他説話，真是豈有此理，他大怒起來説道：

「你這惡賊，賴了錢還逗着我玩。哼！你躲在水裏也不行，小心你的腦袋吧。」

他也不脱衣服，氣憤地握着拳頭向水裏跳下去，還一面大聲嚷道：

「我定要將你家踢爛！朋友！現在我到你家裏來了，今天一定要找着你。」

傻子用腳亂踢水，手向水裏亂摸。他發現擔子還在水裏，可是那些沙鍋呀，沙銚呀，全都碎成一片片了。他一直在水裏像摸魚一樣地找，可是哪裏有甚麼人。傻子喊破喉嚨，氣破肚皮，結

果還是沒找到人……你想想，這個傻子回家時是怎樣的神氣吧！

沙銚：指煎藥或燒水用的器具，形狀像比較高的壺，口大有蓋，旁邊有柄，用沙土或金屬製成。

興沖沖：指遇到開心的事情，興致很高。

失敗的生意人

第二天，這位傻子又做起賣螃蟹的生意。他在街上逛了半天，一個銅子也沒賺到。但傻子沒有把這個放在心上。賺錢不賺錢，不是他最先要解決的，他要先想法去廁所。他將擔子放在河邊，趁沒人時撒了一泡尿，然後又在一棵樹上睡了一會兒。等他回來一看擔子，糟啦，那些横行大將，個個都自由解放出來，回牠們河邊家裏去了。傻子捉得這個，那個跑啦；捉得那個，這個又跑啦。手忙腳亂地捉了半天，螃蟹早跑光了，傻子只捉得一隻小螃蟹。他在河邊傻站了半天，發了半天的呆，嘴裏咕噥着說道：

「賣沙鍋讓我賣到水裏；賣螃蟹吧，

又被賣到水裏，我真倒霉極了。你說糟不糟……回家不知她又怎樣罵我呢？……要是不給飯我吃，那可糟了。」

傻子被他妻子罵了整個晚上之後，第二天清早又準備賣雞蛋了。這是他第三次學做生意。他妻子罵着說道：

「你樣樣都不會，吃飯睡覺倒那麼在行。這次再不小心，一定罰你。哼，小心點！這次再像上次一樣，你就不用吃飯了。那天你要是在筐上壓着石頭，螃蟹怎會跑呢！真是飯桶……去吧！」傻子一句話也沒有說，傻頭傻腦地挑上擔子走了。現在他又要上廁所，但是這次他可學會巧妙的法子了。他從路邊搬了兩塊大石頭，一個筐上壓一個，壓得筐子都有些斜了。傻子張開嘴笑嘻嘻地道：

「哈哈！這次一定跑不了，我搬石頭就費那麼大的力氣，何況雞蛋呢。今天的法子想得真好，回去她一定誇獎我。即使不誇獎，飯總吃得着了，睡覺也不至於像昨晚那樣睡不着了。這次我竟會照她的法子辦，可真聰明！」

你猜，等傻子回來，他筐裏的雞蛋會變成甚麼樣子？他回家會有甚麼結果呢？

橫行大將：橫着走的威風的將軍。用來形容螃蟹。

咕噥：小聲地說話。多指自言自語。

餓死在十字街頭

虞孚獨自坐在屋子裏，皺着眉頭說：「怎麼好呢？現在的生活真不容易啊！別說沒有家業的人沒法過，就是有家業的人，也要坐吃山空。唉！我這幾年來無事可做，又沒有家業，好比山窮水盡，無路可走，難道靜待餓死不成？有了！我那位至好的朋友計然先生，一向很有辦法，我何不去和他商量一番，請他指導一個法子？事不宜遲，現在就去走一趟吧。」

兩人見面後，虞孚便向計然先生討教謀生的法子。

計然先生道：「哦！原來如此。謀生的法子是有，只要你耐心些做，就可以穩得厚利，不知道你願不願意？」

虞孚道：「這是甚麼話？我現在已到了如此地步，若老兄肯指導，無論甚麼法子，我都願意！」

計然先生道：「好極了。我想現在生漆的銷路很好，是很能夠賺錢的。種植漆樹的方法，我曾經研究過很久，已有十分把握。你若能夠照我試驗的法子實行，或者可有希望。」

虞孚聽了非常感激，喏喏連聲地答應了。

計然先生就把漆樹種植的法子傳給虞孚，並且還借錢給他做資本。

虞孚高興地回家去了。他照着計然

先生教的方法種植漆樹，沒有一些兒困難。隔了三年，漆樹果然長得很高了。他割到了幾百斛生漆。

這幾百斛生漆要賣到甚麼地方去呢？這却是一個重要問題了！

剛巧虞孚妻子的哥哥從吳國回來，聽得這個消息，便和虞孚說：「我待在吳國的時間很久了，知道吳人很喜歡裝飾，他們住的房子、門窗都是漆過的，所以那邊生漆的銷路很好。還有一個秘密的法子，是我親眼看見的。賣漆的人，把漆樹的葉，煮成膏汁，和在生漆裏面，普通人是分辨不出來的。照這樣做，不是更加可以賺錢嗎？」

虞孚聽了更加高興，果眞把漆葉煮成膏汁，另外裝起來，僱了一隻船，和

幾百斛生漆，一同載到吳國販賣去了。

那時吳越兩國，正因事失了和氣，斷絕了往來。吳人正愁越國的漆，不能運到吳國。他們聽說虞孚帶着漆來了，大家都非常歡迎，招待得格外周到，只是簡單地驗看過漆樣，覺得質地很優良，就馬上約定一天後取貨成交。

虞孚心裏暗暗地想：發財的機會到了！等到晚上，他悄悄把漆桶上的封皮揭開，拿漆葉煮成的膏汁，摻和進去，重新把封皮貼好，便以為千穩萬妥了。這時候虞孚的心裏，還是非常快活。

到了第二天，許多漆商一早就來了。虞孚領着他們查點貨物。他們仔細地看，發現漆桶上的封皮，和昨天的樣子不同，好像曾經揭開又重新貼過的，

不覺大起疑心，恐怕上了虞孚的當，就借故向虞孚要求二十天的取貨期限。虞孚此時，心裏雖暗暗吃驚，但也只好答應。

隔了幾天，幾百斛生漆，因為摻和了葉汁的緣故，質地完全變壞，這時要賣給人家就一文不值了。

虞孚氣得目瞪口呆，手足無措，懊悔也來不及了。此時他進退兩難，連回家的旅費都沒有。最後，他不得已靠行乞度日。有認識他的人，暗暗指着他說：「這是不誠實的榜樣呀！」到了後來，虞孚餓死在吳國的十字街頭。

坐吃山空：指光是花錢而不從事生產，即使有堆積如
山的財富，也要耗盡。

山窮水盡：比喻無路可走，陷入絕境。

斛：中國舊時一種容器，漢代一斛大概相當於 13.5 公
斤。

不誠實的人，最終將變得一無所有。

在中國古代，同一個人，或同一個事物往往有幾個不同的名稱。

1）人的名字有姓名、字和號。

　　姓名：父親的姓氏＋名字

　　字：男子成人後，取另一個表示自己品德好的別名，稱為「字」。別人若要客氣尊敬地稱呼他，通常就會叫他的字。

　　號：除了姓名和字之外，一個人還給自己起的別稱。

　　例如《兩升米各人一半》中的韓貞，他的號就叫「樂吾」；唐代著名詩人李白，他的號叫「太白」。

2）事物除了本身的名稱，還有「雅稱」。

　　例如《失敗的生意》中稱呼螃蟹為「橫

行將軍」，筆、墨、紙、硯被合稱為「文房四寶」。

　　猜猜看，下面這些雅稱分別對應甚麼事物？

　　A. 玉盤：＿＿＿＿＿＿＿

　　B. 八拜之交：＿＿＿＿＿＿＿

　　C. 家慈：＿＿＿＿＿＿＿

　　D. 花甲之年：＿＿＿＿＿＿＿

　　E. 四君子：＿＿＿＿＿＿＿

草鞋橋

　　從前有一個做草鞋的人，住在一間破茅屋裏。他的門前，就是一條小河。河邊常繫着一隻橫水渡。這條河水勢湍急，時常把那橫水渡弄沉。自有那河以來，也不知斷送多少人命了。雖然有些人提議在這裏架設一座浮橋，方便交通，但是窮的人沒有錢，富的人都吝嗇，所以到最後依然是只有議論，不成事實。

　　那草鞋匠時時看見中流傾覆的情形，聽見悽慘的呼救聲，心裏非常難過，於是就發誓將來若能變得富有，一定要把這座橋架成了，令行人不再受苦。但

是他每日做草鞋所賺的錢，除了衣食以外，哪裏有剩餘？即便有些剩餘也很少，遠遠不夠架橋的費用。草鞋匠雖有心願，也只能説説罷了！

有一天，草鞋匠手上腫痛，沒有錢請醫生，便在附近草地找些草藥來自己治。忽然看見一隻瓦缽覆在地上，他想：「也好，把瓦缽拿回家盛飼料餵雞，也值得。」於是他便拿了瓦缽回去，放些穀物飼料給雞吃。怪事發生了！到了第二天，那缽內依然滿盛着穀物飼料。他以為羣雞不願吃，就用它來放雞蛋。到第二天早晨一看，卻又滿盛着一缽蛋。他覺得十分奇怪，就試放些錢，再看瓦缽究竟有甚麼奇異之處。第三天早晨再去看，卻也得了滿缽的錢。他喜歡得不得

了，這果然是個寶物！他把錢去換成銀子，用瓦缽盛着，變出了許多銀子。他再把銀子去換金子盛着，瓦缽又變出許多金子。好了！這下他有許多金銀了！他想：「現在可以達成我的心願，去造那座橋了。」

草鞋匠邀集了許多附近的鄰人，對他們說：「我很可憐那些渡河遇溺的同胞。我願造一座石橋，讓行人方便些，請大家幫助我一下！」眾人知道他很窮，還當他是說大話，所以大家不約而同地說道：「你若能夠建這座橋，我們大家情願幫你做工，一點工錢都不要。」草鞋匠說：「這是真的嗎？若能這樣，我非常感謝你們。」眾人齊說：「自然是真的，決不敢騙你，不信，我們可以立定

契約呀！」於是大家定了契約，擇日開工。後來大家問他：「這許多金銀從哪裏來的？」他並不隱瞞，一五一十地向大家說明情由。眾人聽了，都讚他是善人，能得神助。於是大家相約努力協作，做成這件善事。工程進行得非常迅速，不久，那巍巍的大石橋，已告完工。但是，草鞋匠的金銀，也用完了。

舉行新橋落成禮的那一天，眾人都說：「草鞋匠同那瓦缽的功勞最大，應該讓他先行。」於是草鞋匠抱着缽，率眾先行。到了橋中間，那隻缽忽然躍入河中。眾人都很驚詫，讚它正合着古人所說「功成身退」的話呢！

後來，草鞋匠依然過着當初打草鞋的生活，對人毫不敢自誇他那造橋的功

默默做事而不誇耀自己的人，總能得到別人的
尊敬。

績，因為他說：「這不是我的功勞，是上天與眾人的功勞啊！」他死後，只剩棺木和掩埋的費用，並沒有多少積蓄。眾人敬仰他的人格和功業，就將他住的茅屋改作一座廟，叫做草鞋廟；那橋，也叫做草鞋橋，來紀念這位善良誠實的草鞋匠。

橫水渡：一種水上交通工具，通常設於狹窄的河流或水道之上。有一條纜繩從岸的一邊連接另外一邊。中間設有一隻約可載 10 名乘客的板狀船隻。船上的船夫會用人手拉動纜繩使船隻向對岸的方向緩慢移動。

傾覆：倒塌，翻轉。

功成身退：事情成功之後自己隱退，不再復出。

賣牛的故事

誠實的老兵

「教我怎樣去賣給人家呢？」一個老兵牽着一頭牛，自言自語地說。

夕陽已經下山了。遠遠走來一個農夫，他頭戴箬帽，腳踏草鞋，肩背鋤頭，一看就知道他是從田裏勞動回來的。

農夫看到老兵，覺得很奇怪：「咦！這老兵難道要賣牛麼？我正想要買頭牛來幫忙幹活，那可算巧極了。」

兩個人走近了。農夫開口道：「朋友，你這頭牛賣麼？」老兵道：「是啊！這是我們主人叫我牽出來賣的。你看得

中嗎？」農夫道：「我本來就想買頭牛，你肯賣給我，好極了！請問要多少錢？」老兵道：「二十五兩銀子，好嗎？」農夫道：「未免太貴了，請你減少些吧！」老兵道：「那就減少些，二十三兩銀子，再也不能少了。」農夫點頭道：「可以，可以！你跟我回家，我給你銀子。」老兵牽了牛，就跟他走。農夫和家人細細考察過，證明牛沒有毛病，就把銀子付給老兵。

老兵離開農夫的家，一路走，一路想：「我出來時，主人明明對我說：『這頭牛去年夏天生過肺病，如果有人要買，要老實告訴他，不可欺騙人家，害人家受到損失。』但老爺叫我出來賣牛，原是因為急需用錢。如今賣掉了牛，老

爺一定歡喜，說我有本事。農夫既然要買，不告訴他也無妨。我回去就告訴老爺說『一個農夫要買，我告訴他牛生過肺病，他說不妨』就罷了。」

走着走着，他忽然又想：「不行！不行！這樣一來，老爺固然歡喜，但我一則欺騙了農夫，再則欺騙了老爺，三則欺騙了自己的良心，怎樣好呢？……呀！我還是做個誠實的人吧！」想到這裏，他回轉身來，再到農夫的家裏。

「朋友！還有一句話，我的老爺叫我說的，方才忘記跟你說明。」接着老兵就把牛曾患肺病的話補述一遍。

農夫道：「這頭牛既然有病，恐怕不能幫我的忙了。請你把銀子還給我，我也把牛還給你吧。」

老兵說：「好。」於是他們就交換了原物。

老兵牽着牛回家後，把這事報告給主人，主人說道：「你真是一個誠實可靠的人啊！」

箬帽：指用箬竹的篾或葉子製成的帽子，用來遮雨和遮陽光。

誠實待人，就能問心無愧。

明山賓賣牛

　　在交通工具不發達的時候，在路上往往看見那很遲笨的牛拉着車慢慢地前進。這種牛車，如果走到現在交通發達的地方，大家都要笑起來了。

　　一千四百年前，在山東平原縣，有一個人名叫明山賓。他曾經在山西做過縣官。因為遇到荒年，他開了米倉賑濟貧民，卻被上司定了他私開米倉的罪名，把他的家產抄得乾乾淨淨。他的家本來就不富裕，從此以後更變成個貧士了。

　　他雖然窮困，卻還養着頭駕車的老牛，遠行的時候，總會用牛車代步。後來他沒錢度日，就想把這頭牛賣掉。這頭牛三年前生過漏蹄的毛病，不能走

路。當時他請了醫生設法治好，直到現在，再也沒發作過一次。所以這牛雖老，力氣還很強壯，誰也想不到牠從前有過漏蹄的毛病。

明山賓要賣掉這牛，如果價錢合適，哪個不要呢？有一天，他牽了出去，遇見一個農人問他：「你這頭牛賣不賣？」他說：「賣的。」那個人細細一看，問了價錢，付了銀子，立刻就要把牛牽走。

明山賓忽然想起了這牛從前患過漏蹄病，開口道：「且慢！這頭牛三年前曾經有過漏蹄的毛病，我請醫生治好了。這三年之內，雖然牠沒有再發作過，但將來會不會發作卻很難講。今天我們達成了交易，這句話一定要預先說明，

免得你將來後悔。」

買主聽說牛有病，不很相信，因為看看牠這樣的肥壯，哪裏像有病？所以就向山賓再問道：「眞的麼？」明山賓道：「自然眞的！難道牛原來沒有病，我卻胡說嗎？」買主道：「既然牠有病，那也沒法，只得把牛還你了。」說完，就把牽牛的繩交到明山賓手上。他也就把銀子付回給農人，牽牛歸去了。

遲笨：遲鈍，笨拙。

漏蹄：一種發生在牛蹄上的病。發病時，牛須跛着腳才能走路，而且因為疼痛而不願意走路，臥多站少。

把老牛贖回來

　　夏天的太陽好像火球一般，掛在空中，發出強烈的光。農人們都鞭着他們的牛，在河旁汲水。一天到晚，牛的腳底差不多要跑出膿來了。

　　許多用牛力的水車中間，有一架用人力的水車，上面架着一座蘆蓆棚。有三個男人站在棚下水車架上，幾雙腳上上下下，踏個不停，好像要和老牛爭快慢似的。接連踏了幾個時辰，他們的腳底也磨出水泡，實在踏不動了，於是都停下來，坐在地上休息，一個個汗流氣喘。

　　一個農人不由得對他們說：「王家叔叔們，真是辛苦了。」中間有個男人回應道：「唉！今年真晦氣，天這樣旱，

偏偏我家的牛無端生病死了，連累我們要這樣受苦。現在即便有錢，可到哪裏才能買得到一頭牛呢？我們是再也踏不動水車的了，倘使再不下雨，我們只好看着那青苗枯死了。」那個農人道：「是呀！今年運氣真不好！」

　　河邊一個正在洗衣的婦人聽見他們的談話，自言自語道：「這倒是一個好機會啊，我們可以抬高價錢，把那頭快要老死的牛賣給他們了。」她洗好了衣服，便靜悄悄地回家。

　　原來，這個洗衣的婦人是名士蕭韓家奴家裏的傭人。蕭韓家奴很喜歡研究學問。他嫌城裏煩鬧，所以搬到清靜的鄉間居住。又因為來去不便，所以買一隻牛來拉車，已經好幾年了。他曾經對

僕人說過：「這頭牛已經衰老，沒有力氣，不中用了。」洗衣婦人把這話牢牢地記在心裏。

這婦人回到家裏，便同丈夫（他也是蕭韓家奴的僕人）商量。婦人道：「我們這頭老牛，主人曾經說過牠不中用了。養着白費草料，如果死了就連一個錢都不值，不如賣了牠吧。聽說前村王家的牛今年死了，現在正愁沒牛汲水，如果牽去賣給他們，即使價錢高些，想來他們也一定要的。」丈夫聽了，也贊成這個想法。

那時蕭韓家奴恰巧到城裏去了。夫婦兩人不等主人回來說明，便在傍晚時候牽着牛到前村去。他們尋到王家，對王家叔叔道：「我們家裏養着一頭牛，

却又不用牠耕田。聽說你們的牛不幸死了，現在沒牛汲水，如果你們要牠，就便宜些賣給你們吧。」王家叔叔道：「巧極了！我們正想買一頭牛，問了好幾處都說沒有，想不到你們倒牽了牛上門來，牠要賣多少錢呢？」那男人道：「我家主人曾經說過要賣二十四吊錢，現在便宜些賣給你，二十二吊錢吧。」王家叔叔聽了，雖然覺得價錢太貴，但是正要用牛，也就買了下來。夫婦兩人高高興興地提了錢回去，沿途笑着說道：「主人知道了一定歡喜，也許要賞我們幾個錢哩！」

蕭韓家奴回來後，看見那頭老牛不在牛棚裏，便招僕人來問道：「老牛死了嗎？」夫婦兩個笑着道：「主人！您

問得真巧，我們本想稟告你的。這頭牛沒有死去，前天我們把牠賣給前村王家了。」蕭韓家奴道：「我雖然說過牠不中用，却沒說要賣掉牠，現在賣了多少錢呢？」夫婦兩人同聲道：「價錢不錯，賣了二十二吊錢。」說着，哈哈大笑起來。

蕭韓家奴聽了，不但不誇獎他們，反而皺着眉頭道：「不行！不行！一頭快要老死的牛，去換人家二十二吊錢，自己得了便宜，人家却受害了。這樣豈不是讓人家上當了嗎？利己誤人的事情是不可以做的，你們快些把錢送去，把那頭老牛贖回來。」

這真是出乎意料！但是主人的命令，夫婦兩人不敢不聽，只好沒精打采地提了錢到前村去，對王家叔叔說要贖

回這頭牛。王家叔叔很是奇怪，道：「這樣一頭老牛，我們正是要用，才肯拿出二十二吊錢買下來。現在要贖回去，難道你家主人還嫌錢太少？這樣真可說是不知足了！」

夫婦兩人急着道：「不是！不是！快把錢收回去吧，我們這就把牛牽走！」兩人說完，放下了錢，便急匆匆地牽着老牛回家了。

汲：取水。

出乎意料：指事先對情況與結果的估計，超出人們的料想猜測。

字詞測試站參考答案

字詞測試站 1

（1）C　　　（2）D　　　（3）A　　　（4）B

字詞測試站 2

1. 小店　　2. 愚見　　3. 寒舍
4. 犬子　　5. 拋磚引玉

字詞測試站 3

A. 月亮　　B. 結拜為兄弟的好朋友
C. 母親　　D. 60 歲　　E. 梅、蘭、菊、竹